Pietro Metastasio

Ruggiero

© 2023 Culturea Editions

Texte et illustration de couverture : © domaine public
Edition : Culturea (Hérault, 34)
Contact : infos@culturea.fr
Retrouvez notre catalogue sur http://culturea.fr
Imprimé en Allemagne par Books on Demand
Design typographique : Derek Murphy
Layout : Reedsy (https://reedsy.com/)

Dépôt légal : janvier 2023
Tous droits réservés pour tous pays

ISBN : 9791041844357

RUGGIERO

OVVERO

L'EROICA GRATITUDINE

ARGOMENTO

L'eroica gratitudine di Ruggiero verso il principe Leone suo rivale, che, generoso nemico, l'avea liberato da morte, si trova mirabilmente espressa ne' tre ultimi canti del *Furioso* dell'immortale Lodovico Ariosto; di cui nel presente Dramma si son seguitate tanto esattamente le tracce, quanto ha conceduto la nota differenza che corre fra le leggi del drammatico e quelle del narrativo poema.

INTERLOCUTORI

CARLO MAGNO *imperatore.*

BRADAMANTE *nobile ed illustre donzella guerriera, amante di Ruggiero.*

RUGGIERO *discendente d'Ettore, chiarissimo in armi, amante di Bradamante.*

LEONE *figliuolo e successore di Costantino imperatore d'Oriente.*

CLOTILDE *principessa del real sangue di Francia, amante di Leone, amica di Bradamante.*

OTTONE *paladino di Francia, confidente di Bradamante e di Ruggiero.*

PAGGI, NOBILI e GUARDIE *con* CARLO MAGNO

PAGGI *con* CLOTILDE

NOBILI e GUARDIE *con* LEONE

L'azione succede in riva alla Senna nelle vicinanze di Parigi in una vasta e deliziosa villa reale che contiene diversi, ma quasi contigui magnifici alloggiamenti.

ATTO PRIMO

SCENA PRIMA

Logge terrene negli appartamenti destinati a Clotilde.

BRADAMANTE *in abito guerriero, ma senza scudo, e* CLOTILDE

BRAD. Sì, Clotilde, ho deciso; e il mio disegno
       Fido a te sola: all'oscurar del giorno
       Voglio quindi partir.

CLOT.   Che dici!

BRAD.   Ah! scorse
       Son già tre lune, ed io sospiro in vano
       Del mio Ruggier novelle. Il fido Ottone,
       Che le recava a me, nulla di lui,
       Nulla più sa. Non è Ruggier capace
       (lo conosco Ruggier) di questo ingrato,
       Barbaro oblio. Chi sa dov'è? fra quali
       Angustie, oh Dio, languisce?

CLOT.   E il suo valore
       Non ti rende tranquilla?

BRAD.   Ah! principessa,
       Son uomini gli eroi. Chi gli assicura
       Dall'insidie degli empi,
       Da' capricci del caso, e da' funesti
       Incogniti perigli
       Della terra e del mar? Mille ne finge
       Il mio timido amor. Qual pace io posso
       Trovar così? No; rinvenirlo io voglio
       O perdermi con lui.

5

CLOT.   Ma dove speri

Ritrovarne la traccia?

BRAD.   Ei contro il greco

Furor (lo sai) de' Bulgari sostenne

La cadente fortuna, e questi il trono

Gli offerser grati al beneficio. I primi

Passi io là volgerò: d'indi a cercarlo

Le imprese sue mi serviran di scorta.

CLOT.   E vorrai, Bradamante,

Così l'afflitto padre e la dolente

Annosa genitrice

Di nuovo abbandonar? Né ti ritiene

Il lor tenero amore?

BRAD.   Ah! questo, amica,

Questo amor sconsigliato è la sorgente

De' mali miei. Per cingermi la fronte

Del serto oriental m'hanno i crudeli

Negata al mio Ruggiero; ei disperato

Cerca errante il rivale, io qui per loro

Palpito abbandonata.

CLOT.   Il trono eccelso,

Che la paterna cura

Provvida a te procura, è gran compenso

Delle perdite tue.

BRAD.   No, non è vero:

Mille troni ha la terra, e un sol Ruggiero.

CLOT.   Ah, Leon non conosci: allor che quindi

Pellegrino ei passò, guerrieri allori

Tu raccoglievi altrove. Ah, se un istante

Il giungessi a mirar!...

BRAD.   So che a te piacque:

Ma non ben si misura

L'altrui dal proprio cor.

CLOT.   Scuoterti almeno

Un tanto amor dovrebbe,

Che sol la tua d'Asia e d'Europa a tutte

Le bellezze antepone.

BRAD.   Amor tu chiami,

Clotilde, una leggiera

Vaghezza giovanile. Ei me non ama;

Ama il mio nome, ama il romor che intese

Di mie guerriere imprese: una donzella

Con l'elmo in fronte e con l'acciaro al fianco

Nuovo è per lui strano portento, e ambisce

Farsene possessor.

CLOT.   Deh! meno ingrata...

BRAD.   Ah, non più, principessa; o taci, o solo

Parlami di Ruggiero, e meco affretta

Co' tuoi voti la notte.

CLOT.   Almen sospendi

Il tuo partir fin che l'atteso giunga

Greco orator. Trarrem da lui, da' suoi,

Del tuo Ruggier forse contezza, e a caso

Errando non andrai.

BRAD.   L'arrivo appunto

Io fuggo di costui. L'unico erede

So che il greco regnante oltre ogni segno

Ama nel suo Leone, e ne seconda

Cieco qualunque brama. E s'ei chiedesse

Che la mia destra il nostro

Cesare ottenga al figlio, e la sovrana

Congiurasse a mio danno

Con la paterna autorità? Di quanto

Peggior sarebbe il caso mio!

CLOT.   S'affretta

Ottone a questa volta.

SCENA SECONDA

OTTONE *e dette.*

BRAD.   Otton, che rechi?

OTT.   Giunse il greco orator.

BRAD.   Giunse?

OTT.   E più grande

Sarà, se m'odi, il tuo stupor. L'istesso

Leone è l'orator.

BRAD.   Leon!

CLOT.   Vedesti

Tu il prence?

OTT.   Io no; ma un mio

Fedel, cui molto è noto.

CLOT.   E dove a lui

Destinato è l'albergo?

OTT.   In questo ameno

Recinto ove noi siam.

BRAD.   (*altiera e sdegnata*)   Che vuol? che spera?

Che pretende? a che vien?

OTT.   Tu il chiedi!

BRAD.   È folle

Se conseguire a forza

Vuol la mia man. Di Bradamante il core

Violenze non soffre: i propri affetti

Difender sa come gl'imperi altrui.

CLOT.   Calmati, amica.

BRAD.	(*ad Ottone*)	Ah questo è troppo! Augusto

BRAD.   (*ad Ottone*)   Ah questo è troppo! Augusto
Il vide ancor?

OTT.   No; qualche spazio a lui
Di riposo concede:
E poi l'ascolterà.

BRAD.   Ma sa che il prence
È l'orator?

OTT.   Né pure. Io ben l'avviso
Corsi a recar; ma Cesare è raccolto
In solitaria stanza, onde permesso
Per or non è l'ingresso.

BRAD.   Ah, questo audace
Giovane mal accorto
Farò pentir! (*in atto di partire*)

CLOT.   Dove t'affretti?

BRAD.   Dove
L'amor, lo sdegno e il mio valor mi guida.

CLOT. Odi: pensiamo...

BRAD.   Or non è tempo: avvezza
Non sono a tollerar. Me stessa oltraggio,
Se neghittosa in petto
Del conteso amor mio gl'impeti io premo.
Chiede estremi rimedi un rischio estremo.

Farò ben io fra poco
Impallidir l'audace
Che vuol turbar la pace
D'un sì costante amor.
   Vedrà quanto più fiero
Divien l'ardor guerriero,
Quando congiura insieme
Con l'amoroso ardor. (*parte*)

SCENA TERZA

CLOTILDE ed OTTONE

OTT. Seguila, principessa, e quei t'adopra
Suoi primi ardori a moderar. Fra' Greci
Io di Ruggier novelle
A rintracciar men vo.

CLOT.   Del caso mio
Che dici, Otton? Di me t'incresce?

OTT.   Il caso
Comprendo, e ti compiango. Una rivale
Aver sempre su gli occhi; un incostante
Veder che torni ardito a farti in faccia
Pompa d'infedeltà; d'un giusto sdegno,
Lo so, deve infiammarti.

CLOT.   Ah, non procede
Quindi lo sdegno mio! Se merta amore,
Qual colpa ha Bradamante? E qual se cede
Leone a sì gran merto?

OTT. Con chi dunque t'adiri?

CLOT. Con me, che un caro oggetto,
Che il Cielo a me non destinò, dovrei
E non posso obliar.

OTT.   Clotilde, addio:
Presto il potrai. Fin che delira amore,
Ogni arbitrio imprigiona:
Docile è già quando sì ben ragiona. (*parte*)

SCENA QUARTA

CLOTILDE *sola.*

CLOT. Ah! non è ver: pur troppo

La mia ragion mi dice

Che amare un infedel, d'animo insano

È visibile error, ma il dice in vano.

Leon m'accende; e, sol ch'io n'oda il nome,

Già mi palpita il cor. Veggo i miei torti:

Come follia condanno ogni speranza

Che s'offre lusinghiera al mio pensiero;

Ma, folle o saggia, io l'amo sempre e spero.

Io non so nel mio martiro

Se ragiono o se deliro;

So che solo io mi consolo

Con l'idea del caro ben:

Che fatale è ben lo strale

Che avvelena i giorni miei,

Ma ch'io l'amo e ch'io morrei

Nello svellerlo dal sen. (*parte*)

SCENA QUINTA

Galleria negli appartamenti di Leone.

RUGGIERO *ed* OTTONE

OTT. Oh qual di Bradamante in rivederti

Sarà la gioia!

RUGG.	Ah! Bradamante, amico,
	È perduta per me.
OTT.	Perduta! Oh stelle!
	Che mai dici, o Ruggier?
RUGG.	Taci. Fra' Greci
	Erminio è il nome mio.
OTT.	Nulla io comprendo.
	Credi il tuo ben perduto!
	Ritorni a noi del tuo rival compagno!
	Ma che fu? ma che avvenne?
RUGG.	Ascolta, e dimmi
	Se ha più di me la terra
	Infelice mortale. Io sconosciuto
	Sai che quindi partendo...
OTT.	Io so che andasti
	De' Bulgari in difesa
	Contro i Greci oppressori
	Che reggeva Leon; so che affrontarti
	Con lui cercavi, ond'ei mai più potesse
	Aspirar a rapirti il tuo tesoro;
	Poi mancaro i tuoi fogli, e il resto ignoro.
RUGG.	Odilo. Il gran conflitto, in cui decise
	Contro i Greci la sorte,
	Col dì non terminò. Fra l'ombre ancora
	Seguendo la vittoria, in parte ignota
	Solo e straniero io mi trovai. Smarrito
	Cercando asilo, in un munito albergo
	M'avvenni, il chiesi, e mi fu dato. Accolto
	In nobil stanza io di bramar mostrai
	Pronto riposo; e l'ospite cortese
	Lasciommi in libertà. L'armi deposi:
	Su le apprestate piume al sonno in braccio

Stanco m'abbandonai; ma i sonni miei

Se fur lunghi non so; so che riscosso

Fra catene io mi vidi.

OTT.   Oimè!

RUGG.   Ne chiedo

Ragione a chi m'annoda;

Nessun risponde. In tenebroso e cupo

Fondo d'antica torre

Mi veggo trasportar: chiuder sul capo

Del carcere funesto

Sento l'uscio ferrato, e solo io resto.

OTT.   E chi tal frode ordì?

RUGG.   La mia sventura.

Madre d'un, che pugnando uccisi in campo

Temerario garzone, è la germana

Del greco imperador, di quell'istesso

Tetto signora, ov'io smarrito entrai.

OTT.   Oh errore!

RUGG.   Ognun sapea

Che il cavalier straniero

L'avea trafitto; ed alle note insegne

Palese io fui. Nel suo dolor la madre,

Qual tigre orba de' figli, il suo volea

Vendicar nel mio sangue, e farmi a stento

La mia morte ottener. Già non lontano

Era il mio fin, quando una notte, io credo,

(Ch'ivi per me sempre fu notte) ascolto

Di grida, di minacce,

D'armi, di ferri scossi e d'assi infrante

Strepitoso fragore: e, mentre io penso

Qual ne sia la cagion, faci improvvise

Rischiaran la mia tomba. A me ridente

Un giovane sen corre

Di sembiante real, gridando: 'Ah! vivi,

Ah! sorgi, Erminio'; e di sua man s'affretta

Intanto a sciorre i miei legami. Io chiedo

Attonito chi sia. 'Fui' mi risponde

'Nemico tuo; ma il conservar chi onora

Al par di te l'umanità cred'io

Debito universal. L'adempio, e vengo

A meritarti amico. Altra mercede

Il tuo da te liberator non chiede.'

OTT.   Oh magnanimo! E questo

Chi fu, che generoso

La vita a te donò?

RUGG.   Fu quell'istesso

A cui dar morte in singolar tenzone

Io geloso volea.

OTT.   Leon?

RUGG.   Leone.

OTT.   Che ascolto! Ed a salvarti

Qual cagion lo spronò?

RUGG.   M'avea più volte

Pugnar veduto in campo: il mio coraggio

Stimò degno d'amore, e non sofferse

Di vedermi perir.

OTT.   Dovresti a lui

Scoprirti al fin; già ch'egli ha il cor sì grande...

RUGG.   Ah, perché grande ha il core

Deggio abusarne? ed obbligarlo a un duro

Sagrificio per me?

OTT.   Dunque a che vieni?

RUGG.   Leon l'esige: egli non vuol soffrirmi

Da lui diviso; ed io pavento e bramo

Di veder Bradamante.

OTT.   A lei frattanto,

Se vuoi...

RUGG.   Lasciami: io veggo

Da lungi il prence.

OTT.   A lei dirò...

RUGG.   No, taci.

Fin che si può, lo sventurato ignori

Nostro destin severo.

OTT.   Ma pur...

RUGG.   Parti: ecco il prence.

OTT.   (*da sé partendo*)   Il caso è fiero.

SCENA SESTA

RUGGIERO, *poi* LEONE

RUGG.   No; fra tutti i viventi alcun non vive

Di me più sfortunato.

LEO.   Ma quando, Erminio amato,

Quando una volta io giungerò la bella

Bradamante a veder? Questo riposo,

Che Augusto a me concede,

È tormento per me.

RUGG.   Ma come, o prence,

Per un sembiante ignoto

Tanto accender ti puoi?

LEO.   La fama istessa,

Che il gran valor di Bradamante esalta,

N'esalta la beltà. Forse è mendace?

Dirlo tu puoi. Tu la conosci?

RUGG.	Assai.
LEO.	Parlasti a lei?
RUGG.	Più volte.
LEO.	E qual ti parve?
RUGG.	Degna della sua fama.
LEO.	È dolce? è altiera

Agli atti, alla favella?

RUGG.	O lusinghi o minacci è sempre bella.
LEO.	Ah! non ho ben se mia non è. Si voli

A chiederla ad Augusto. Ai voti miei

Fausto lo speri?

RUGG.	Il tuo gran padre onora,

Bradamante gli è cara: e a sì gran sorte

Lieto sarà di sollevarla.

LEO.	Ed ella

Credi che ubbidirà?

RUGG.	So che rispetta,

Quanto è ragione, il suo sovran.

LEO.	Ma il mondo

Del famoso Ruggier la crede amante:

L'udisti tu?

RUGG.	L'intesi.
LEO.	Ah, saria questo

Un terribil rivale! Afferma ognuno

Ch'or non vi sia più cavalier che ardisca

Seco provarsi al paragon dell'armi.

Ei vorrà forse in campo

Contendermi la sposa.

RUGG.	No, nol vorrà. Rispetterà Ruggiero

D'Erminio in te l'amico.

LEO.	Oh fido, oh caro

Sostegno mio! No, con Erminio accanto,

Cento Ruggieri e cento,

Tutto il mondo nemico io non pavento.

Otterrò, felice amante,

Sol per te sì degno oggetto;

E a te sol del mio diletto

Debitor mi vanterò.

Possessor d'un bel sembiante

Trarrò seco i dì ridenti;

Ed in mezzo a' miei contenti

La tua fé rammenterò. (*parte*)

SCENA SETTIMA

RUGGIERO *solo*.

RUGG.   Questo è troppo soffrir. Combatter sempre

Fra l'amore e il dover! Sentir dal seno

Strapparmi il cor da quella mano istessa

Che la vita mi diè! Le smanie, oh Dio!

Immaginar di Bradamante... Ah, questa

Idea tremar mi fa. Troppo è crudele,

Troppo barbaro è il caso; e il Ciel sa come

Esposto a lei sarà. Vadasi a lei;

Da me sappialo almeno. Ai fidi amanti

Sollievo è pur nelle sventure estreme

Gemer, lagnarsi e compatirsi insieme.

Ah, se morir di pena

Oggi così degg'io,

Accanto all'idol mio

17

Io voglio almen morir!

   Qual serbo a lei costanza

Almen vedrà la bella

Perduta mia speranza

Nel fiero mio martìr. (*parte*)

SCENA OTTAVA

Appartamenti imperiali.

CARLO MAGNO *con séguito, poi* BRADAMANTE

CAR.   E ben, dunque ascoltiam l'impaziente

Orientale ambasciadore. Andate

A scorgerlo, o miei fidi,

Da' suoi ricetti al luogo usato. A lui,

Quando giunga, io verrò. Frattanto ammessa

Sia Bradamante; e quindi

Si scosti ognun. (*partono i nobili ed i paggi. Le guardie si ritirano al fondo della scena*)

      Chi creder mai potrebbe

Che fosse una donzella un de' più saldi

Sostegni del mio trono? Eccola. Ah, basta

Per crederlo il vederla! Il suo sembiante,

Quella dolce fierezza,

Quel saggio ardir, quel portamento inspira

E rispetto ed amor. Bella eroina,

Qual mai per me fausta cagione a queste

Soglie guida il tuo piè?

BRAD.   Cesare, io vengo

Grazie a implorar da te.

18

CAR.   Grazie! Ah, di tanto

           Debitor mi rendesti,

           Che quanto or chieder puoi

           Sarà scarsa mercede a' merti tuoi.

BRAD.   Già che al grado di merto

           Solleva Augusto il mio dover, poss'io

           Della grazia che imploro

           Certa esser già.

CAR.   Sì, la prometto: e nulla

           So che teco avventuro.

BRAD.   Ah m'assicuri,

           Se il mio pregar n'è degno,

           La tua destra real.

CAR.   Prendila in pegno.

BRAD.   Signor, gli studi feminili e gli usi

           Sai che sprezzai fanciulla; e che, ammirando

           D'Ippolita e Camilla

           L'ardir guerriero, i gloriosi gesti,

           Procurai d'imitarle.

CAR.   E le vincesti.

BRAD.   Il nome mio, più che il mio volto, or sento

           Che a chiedermi in consorte

           Induca alcun. Suddita e figlia, io temo

           Per un sacro dover vedermi astretta

           A diventar soggetta ad uom che meno

           Vaglia in armi di me: né mai quest'alma,

           A non fingere avvezza,

           Sapria ridursi a lusingar chi sprezza.

           Da un tal timor m'assolva

           L'imperiale autorità.

CAR.   Ma come?

BRAD.   Questa legge a tuo nome

Sia palese a ciascun: che la mia mano

Chi pretende ottener, meco a provarsi

Venga in pubblico agone: e quando invitto

Tutto il tempo prescritto

Si difenda da me, m'abbia sua sposa:

Ma, se fugato e vinto

Mal risponde alle prove

Che intraprendere osò, la cerchi altrove.

CAR. I lacci d'Imeneo

Dunque aborrisci?

BRAD.   Sì, se de' miei lacci

Deggio arrossir.

CAR.   Se men difficil prezzo

Non proponi all'acquisto

Del tuo bel cor, chi l'otterrà?

BRAD.   Chi degno

Sarà di me.

CAR.   Forse qual sia non sai

Chi aspira al don della tua destra.

BRAD.   In campo

L'apprenderò.

CAR.   Deh, men severa!...

BRAD.   Augusto,

Ah! la grazia che ottenni,

Render dubbia or mi vuoi?

CAR.   No: ripigliarmi

Quel che donai non posso. In questo istante,

Qual tu brami, l'editto

Promulgato sarà. Ma tu ben puoi

Limiti imporre al tuo valor. Fin ora

Che vincer sai già vide il mondo: ah! vegga

Che sai con egual gloria

Trascurar generosa una vittoria.

Di marziali allori
Già t'adornasti assai:
Di mirti è tempo ormai
Che il crin ti cinga Amor.
Mille di tua fortezza
Prove donasti a noi;
Abbia i trionfi suoi
La tua bellezza ancor. (*parte*)

SCENA NONA

BRADAMANTE *sola*.

BRAD.   Se ardirà, ch'io nol credo,
Meco esporsi a cimento il Greco audace,
Non sarà qui venuto
Impunemente a tormentarmi. Oh Dio,
Perché Leon non è Ruggiero! Il braccio
Emulo al cor rispetterebbe il caro
Mio vincitore; e il divenirne acquisto
Conterei per trionfo. E pur sì strano
Il mio voto non è. Noto a ciascuno
Sarà l'editto. Ei non vorrà, se l'ode,
Trascurar d'ottenermi; ei non è forse
Molto quindi lontan: forse... Ah, di quali
Sogni io mi pasco in tanti affanni e tanti!
Basta pur poco a lusingar gli amanti!

So che un sogno è la speranza,

So che spesso il ver non dice;

Ma, pietosa ingannatrice,

Consolando almen mi va.

 Fra quei sogni il core ha pace,

E capace almen si rende

Di sue barbare vicende

A soffrir la crudeltà.

ATTO SECONDO

SCENA PRIMA

Deliziosa parte de' giardini reali.

CARLO MAGNO *ed* OTTONE

OTT.   Non crederlo, signor: dall'ardua impresa

           Non v'è ragion che vaglia

           Il greco prence a frastornar.

CAR.   Vogl'io

           Tentarlo almen. Dicesti a lui che bramo

           Seco parlar di nuovo?

OTT.   Il dissi; ei viene,

           Ma sol la pugna ad affrettar.

CAR.   Va: prendi

           Del guerriero apparato

           Tu la cura frattanto: io qui Leone

           Attenderò. Chi sa? Forse a mio senno

           Svolger potrò quel giovanil pensiero.

OTT.   Cesare, il bramo anch'io, ma non lo spero.

           È dal corso altero fiume

           L'arrestar difficil meno,

           Che agli affetti imporre il freno

           D'inesperta gioventù.

           Dell'età nel primo ardore

           Cede agl'impeti del core

           La ragione e la virtù. (*parte*)

23

SCENA SECONDA

CARLO MAGNO, *poi* LEONE

CAR.   Del giovane reale io pur vorrei

Il periglio evitar. S'ei qui perisse,

Qual saria dell'augusto

Suo genitor la doglia! e qual... Ma viene

Già risoluto a me. Principe amato,

Tu già pugnar vorresti: io tutto in volto

Ti leggo il cor.

LEO.   Sì, lo confesso, io vengo

Ad affrettarne il sospirato istante.

CAR.   Ma sai di Bradamante

Qual sia l'arte guerriera,

Quanto il poter?

LEO.   Sì; ma compagno in campo

So che avrò meco Amore; e i fidi suoi

So che Amor, quando vuol, cangia in eroi.

CAR.   È bello anche l'eccesso

D'un giovanile ardir. Quel che sarai

Io già veggo nel tuo; ma pur conviene

Che il fren senta per or. Del tempo è dono

L'esperienza ed il vigore: e in erba

Gran speranze recidi,

Se innanzi tempo al tuo gran cor ti fidi.

LEO.   Se quella ch'or m'alletta

Dolce speme, o signor, perdo o trascuro,

Dell'altre i doni io conseguir non curo.

Deh, secondar ti piaccia

Le impazienze mie.

CAR.   Ma prendi almeno

Qualche tempo a pensar.

LEO.   No; di mia sorte

La penosa incertezza

Soffrir non so: vengasi all'armi; il segno

Fa che ne dian le trombe

Senz'altro indugio. Il sol favor che imploro

Da te, Cesare, è questo.

CAR.   Il vuoi? S'adempia

Il tuo voler. Quel marzial recinto

Vedi colà, solo a' festivi assalti

Destinato fin or? Là per mio cenno

La tua bella nemica

A momenti sarà. Va: t'arma e vieni,

Se tentar vuoi di Marte il dubbio giuoco;

Ma pensa che fra poco

Potresti nel periglio

Rammentar troppo tardi il mio consiglio.

   Non essere a te stesso

   Per troppo ardir crudele:

   Pria di spiegar le vele

   Guarda di nuovo il mar.

      Pensa che poco è fido;

   Che or giova essere accorto;

   Che sarà lungi il porto

   Quando vorrai tornar. (*parte*)

SCENA TERZA

LEONE, *poi* BRADAMANTE

LEO.   Ah, se d'un tal portento

Di valor, di beltà potrò vantarmi

D'esser io possessor; d'astro sì chiaro

Se illustrar l'Oriente

Fortunato io potrò; chi fra' mortali

Felice al par di me?... Ma Bradamante

Quella non è? Sì, non m'inganno.

BRAD.   Oh stelle!

Ecco il Greco importuno.

Se n'eviti l'incontro. (*in atto di ritirarsi*)

LEO.   Ah! soffri almeno,

Bella nemica mia, soffri ch'io possa,

Pria che al tuo ferro il petto,

Offrire a te d'un fido cor l'omaggio.

BRAD.   Prence, questo è linguaggio

Da vincitor; prima d'usarlo è d'uopo

Nell'arringo prescritto

Di sé far prova ed acquistarne il dritto.

LEO.   Se a chi non è capace

Di resisterti in campo è sì gran fallo,

Adorabil guerriera, offrirti il core,

Chi mai reo non sarà? Dritto ha d'amarti

Sol chi ascolta il tuo nome; e a chi ti mira

Divien l'amor necessità.

BRAD.   Se forte

Sei tu quanto cortese,

Io comincio a tremar.

LEO.   Ah! so pur troppo

Che a Bradamante in petto

Un ignoto è il timor straniero affetto:

Ma so che un'alma grande

Ingrata esser non può.

BRAD.   Nol sono; e pronta

Eccomi a darne prova, ove tu vogli

Secondar le mie brame.

LEO.   Arbitra sei

Del mio voler: tutto farò.

BRAD.   L'impresa

Dunque abbandona, o prence.

LEO.   Io?

BRAD.   Sì.

LEO.   Crudele!

Così grata mi sei?

BRAD.   Grata non sono

Se contro te mi spiace

Trattar l'armi omicide, e se procuro

I tuoi rischi evitar?

LEO.   Fra i rischi miei

Il perderti è il maggior.

BRAD.   (*con dolcezza*)   Deh, s'egli è vero

Che in tal pregio io ti sono, e che disporre

Del tuo voler poss'io, lasciami, o prence,

Lasciami in pace. A gara

A te d'Asia e d'Europa offre ogni trono

Spose di te ben degne.

LEO.   Ah no; perdono:

Il sol tuo cenno è questo

Ch'io non posso eseguir.

BRAD.   (*con sdegno*)   No? Forse in campo

Meglio saprò persuaderti armata.

Vieni al cimento: e non chiamarmi ingrata.

LEO.　　　　　Quell'ira istessa che in te favella

　　　　　Divien sì bella nel tuo rigore,

　　　　　Che più d'amore languir mi fa.

　　　　　　Ah, s'è a tal segno bello il tuo sdegno,

　　　　　Che mai sarebbe la tua pietà? (*parte*)

SCENA QUARTA

BRADAMANTE, *poi* CLOTILDE

BRAD.　　Lo strano ardir di questo

　　　　Sconsigliato garzon mi fa dispetto,

　　　　Meraviglia e pietà. L'ire a fatica

　　　　Io tenni a fren.

CLOT.　　　　　Liete novelle, amica. (*allegra e frettolosa*)

BRAD.　　Liete? Ah, son di Ruggier?

CLOT.　　　　　　　Sì.

BRAD.　　　　　　　　Vive?

CLOT.　　　　　　　　　È giunto.

BRAD.　　Dove?

CLOT.　　　　Qui.

BRAD.　　　　　Non t'inganni?

CLOT.　　　　　　　Io stessa il vidi:

　　　　Otton seco parlò.

BRAD.　　　　　　L'editto intese;

　　　　A conquistarmi ei corre. Oh Dio, che assalto

　　　　D'improvviso piacere!

CLOT.　　　　　　Ecco finiti

　　　　I palpiti, gli affanni; eccoti sposa

Del tuo fido Ruggiero.

BRAD.   Ah, principessa,

Lasciami respirar! pur troppo è angusto

A tanta gioia il cor... Ma dove è mai?

Perché di me non cerca? Andiam...

CLOT.   Non vedi

Che a noi di là rivolge i passi?

SCENA QUINTA

RUGGIERO *e dette.*

BRAD.   Ah vieni,

Mia dolce unica speme,

Mia cura, mio tormento e mio conforto!

A te pervenne il grido

Del proposto cimento?

RUGG.   Sì.

BRAD.   Dunque va: le usate

Illustri armi ti cingi, e a vincer vieni,

Non a pugnar.

RUGG.   Mia Bradamante, ascolta:

Molto ho da dir.

BRAD.   Ne stringe

Troppo il tempo, o Ruggier. Chiederti anch'io

Mille cose vorrei: se ognor m'amasti:

Quai furo i casi tuoi; se per costume

Fra' tuoi labbri il mio nome,

Qual fra' miei sempre è il tuo, trovossi mai;

Se penasti lontan quant'io penai.

Ma in campo andar convien: la pugna affretta,

Forse per lui fatale,

Un rival temerario.

RUGG.   Ah, qual rivale!

BRAD.   Leon!

RUGG.   Sì, Bradamante,

È il mio benefattor; per lui respiro:

Il ben di rivederti

Solo è dono di lui.

BRAD.   Come?

RUGG.   Sorpreso,

In un carcere orrendo

Fra gli strazi io moria: Leon nemico

Venne a serbarmi in vita,

E a rischio della sua.

CLOT.   Che ascolto!

BRAD.   Ah, degno

È ben d'alma reale atto sì grande!

RUGG.   Non deggio essergli grato?

BRAD.   Anzi ho ragione

D'esserla anch'io: son miei

Tutti gli obblighi tuoi.

RUGG.   Ma vai, ben mio,

Ad assalirlo armata! Egli inesperto...

Tu terror de' più forti...

BRAD.   E ben, se vuoi,

Non l'esponiamo. In campo

Tu precedilo, e nostro

Sia l'arringo primier: luogo al secondo

Non resterà.

RUGG.   Ma con qual fronte io posso

A tutto il mondo in faccia

Dichiararmi rival del mio pietoso

Liberator?

BRAD.   Dunque la sorte in campo

Tenti prima Leone. Egli al cimento

Non reggerà (lo spero), e tu disciolto

Sarai da ogni riguardo. Allor che un dritto

Da lui perduto ad acquistar tu vieni,

Non sei più suo rivale.

RUGG.   Ah, s'io felice

Al suo disastro insulto,

Sono ingrato e crudel.

BRAD.   Ma che per lui,

Che di più far potrei?

RUGG.   Deh! se gli obblighi miei

È pur ver che sian tuoi...

BRAD.   Segui, parla, che vuoi?

RUGG.   Premialo tu per me.

BRAD.   Ma come?

RUGG.   Il fato

Nega a me la tua mano; abbiala almeno

Chi mi salvò.

BRAD.   Che? sposa

Io di Leone! Ad altro amante in braccio

Andar dee Bradamante,

E il propone Ruggier! Clotilde, udisti?

Che ti par del consiglio?

CLOT.   Oppressa io sono

Dallo stupor.

BRAD.   Da sì remote sponde

Così la tua fedele

Ritorni a consolar? Bella mercede

Mi rendi in ver di tanto amor, di tanti

Palpiti, affanni e pianti

Sostenuti fin ora,

Sparsi per te! Costa al tuo cor ben poco

Il perdermi, o crudel.

RUGG.   Quel che mi costa

Non curar di saper: troppo è funesto

Lo stato, oh Dio! di chi crudel tu chiami.

BRAD.   No, tu mai non m'amasti, o più non m'ami.

Questo è un pretesto all'incostanza. I suoi

Confini ha la virtù: non merta fede

Quando a tal segno eccede

La misura comune. Ho un'alma anch'io

Capace di virtù: ma so fin dove

L'umanità può secondarla: e sento

Ch'io non avrei vigore

A sostener bastante

L'idea del tuo martìre,

A trafiggerti il core, e non morire.

RUGG.   Ah! s'io non moro ancora...

BRAD.   Ad altro amante

Ch'io porga la mia man? Che atroce insulto!

Che disprezzo inumano!

Che nera infedeltà!

RUGG.   Se meno irata,

Mia vita, udir mi vuoi...

BRAD.   Né voglio udirti,

Né mirarti mai più. (*in atto di partire*)

RUGG.   Senti, ben mio:

Non partir: dove vai?

BRAD.   (*con pianto ed ira*)   Vo d'un infido

A svellermi, se posso,

L'immagine dal cor: le smanie estreme

D'un amor che non merti

Vado almeno a celarti:

Di vivere o d'amarti

Vo, barbaro, a finir. (*in atto di partire*)

RUGG.   Deh, in questo stato,

Deh, non mi abbandonar! (*trattenendola*)

BRAD.   (*staccandosi da lui*)   Lasciami, ingrato.

Non esser troppo altero,

Crudel, del mio dolore:

Questo è un amor che more,

E tutto amor non è.

Lagrime or verso, è vero,

Per tua cagion, tiranno,

Ma l'ultime saranno

Ch'io verserò per te. (*parte*)

SCENA SESTA

RUGGIERO e CLOTILDE

RUGG.   In odio al mio bel nume

No, viver non poss'io. Seguirla io voglio:

Voglio almeno al suo piè...

CLOT.   Gl'impeti primi

D'un irritato amore

Non affrettarti a trattener. Se stesso

Indebolisce il fiume, il suo furore

Se sfoga in libertà.

RUGG.   Ma intanto, oh Dio!

Ella freme, s'affanna

E mi crede infedele.

33

CLOT.   Io le tempeste

Di quell'alma agitata

Tenterò di calmar.

RUGG.   Sì, principessa,

Pietà di lei, pietà di me. Procura

Di raddolcir l'affanno suo: t'adopra

A placarla con me. Dille ch'io l'amo,

Che sarà, che fu sempre

L'unico mio pensier: spiegale il mio

Lagrimevole stato in cui mi vedi:

Dille...

CLOT.   Non più: tutto dirò; t'accheta,

Fidati a me.

RUGG.   Del tuo bel cor mi fido,

Ma poco è quel ch'io spero:

Quello sdegno è sì fiero...

CLOT.   Ah, quello sdegno,

Ben più che di pietà, d'invidia è degno!

Lo sdegno, ancor che fiero,

Sempre non è periglio:

Quando d'amore è figlio

Ei riproduce amor.

Mai dal furor del vento

Un grande incendio è vinto:

Spesso ti sembra estinto

Quando si fa maggior. (*parte*)

34

SCENA SETTIMA

RUGGIERO *solo.*

RUGG.   Oh Dio! comincio a disperar: m'opprime

Il debito e l'amor. Tremo al periglio

Del mio benefattor; moro all'affanno

Del bell'idolo mio. D'ingrato il nome

Inorridir mi fa; quel di crudele

Non ho forza a soffrir. Fuggirli entrambi

Possibile non è: sceglier fra questi,

Infelice, io non so. Morire almeno

Innocente vorrei: le vie m'affanno

A rintracciarne in van; condanno, approvo

Or questa, or quella; e sempre reo mi trovo.

E spiro ancora! E nodi

Questa misera vita ha sì tenaci,

Che a scioglierli non basta

Tanto dolore? Ah perché mai di nuovo

Pietosa man gli strinse, allor che tanto

Già per me l'ore estreme eran vicine?

Che bel morir!...

SCENA OTTAVA

LEONE *frettoloso, e detto.*

LEO.   Pur ti ritrovo al fine.

RUGG.   Prence!

LEO.   Ah, mio fido, ecco il momento in cui

Rendere un generoso all'amor mio

35

Contraccambio potrai.

RUGG.   Che mai, signore,

Che sperar puoi da me?

LEO.   L'onor, la vita,

La mia felicità.

RUGG.   Spiegati.

LEO.   Udisti

Che Bradamante a conquistar...

RUGG.   Con lei

So che pugnar si dee; so che tu vuoi

Esporti al gran cimento; e gelo al rischio

Del mio liberator.

LEO.   Calmati: appieno

Della bella eroina

L'invincibil valor, che m'innamora,

Io ben conosco, Erminio; e tanto ignoto

A me non son, che lusingarmi ardisca

Di resistere a lei.

RUGG.   Con qual coraggio

Dunque...

LEO.   Il coraggio mio,

Caro amico, sei tu. Quel che tu puoi

Vidi io medesmo: e qual per me tu sei,

Senza troppo oltraggiarti,

Io non posso ignorar; perciò l'impresa,

Del tuo poter, del tuo voler sicuro,

Ad accettar m'indussi; il mio destino

Ad un altro me stesso

Prudente a confidar.

RUGG.   Come?

LEO.   Tu déi

Pugnar per me.

RUGG.   (*attonito*)   Con Bradamante!

LEO.   Appunto.

RUGG.   Io!

LEO.   Sì, tu. Ma ciascuno

Leon ti crederà. Le mie d'intorno

Cognite avrai spoglie guerriere; il volto

Nell'elmo asconderai; l'aurea al tuo fianco

Splenderà nello scudo

Aquila oriental. Chi vuoi che possa

Non crederti Leone? Ah, già mi sembra

Vincitor d'abbracciarti; e della mia

Bradamante adorata

Stringer la bella man. Ma tu, se m'ami,

D'offenderla ah ti guarda, e cauto attendi

A difenderti solo. Andiam: vogl'io

Di propria man cingerti l'armi.

RUGG.   Ah! pensa

Meglio, Leone. Ardua è l'impresa: io tremo

Alla proposta sol.

LEO.   Di che! L'arcano

(Fidati) alcun non scoprirà. Gl'istessi

Scudieri miei ti seguiran, credendo

Me di seguir. Nel mio soggiorno ascoso

Io, fin che tu ritorni... Altri s'appressa;

Potrebbe udirne: in più segreta stanza

Cotesti dubbi tuoi

Io scioglierò. Seguimi, amico. (*parte*)

SCENA NONA

RUGGIERO, *indi* OTTONE, *poi* LEONE

RUGG.   Oh stelle!

Che m'avvien! Che ascoltai!

Sogno? vivo? son io?

OTT.   Ruggier, che fai?

Della tromba guerriera i primi inviti

Non odi già? Vola ad armarti, e vieni

Della tua Bradamante

Le smanie a consolar. Tu la rendesti

Dubbiosa di tua fede:

Tradita esser si crede, e piange e freme

D'ira e d'amor.

RUGG.   Misero me!

OTT.   Potresti

Trascurar d'acquistarla allor che l'offre

Sì destra a te la sorte? Ah no: l'eccesso

Ti muova almen del giusto suo dolore.

RUGG.   Sento spezzarmi in cento parti il core.

OTT.   Su: risolvi, o Ruggier.

RUGG.   (*fra sé*)   (S'uno abbandono...

Se così l'altra oblio... se vo, se resto...)

LEO.   Erminio? Amico? Ah, quale indugio è questo! (*da un lato indietro*)

RUGG.   Eccomi a te. (*movendosi verso Leone*)

LEO.   Vieni, t'affretta. (*parte e Ruggiero vuol seguirlo*)

OTT.   E senza

Rispondermi tu parti?

RUGG.   Ah, per pietà, non tormentarmi!

OTT.   Almeno

	Dimmi se vinto il tuo rivale audace...
RUGG.	Nulla dirti poss'io: lasciami in pace. (*con impeto*)
OTT.	Povera Bradamante! (*parte*)

SCENA DECIMA

RUGGIERO *solo*.

RUGG.   (*risoluto, dopo aver pensato qualche momento*)

Ah sì, da questo

Laberinto di pene

Ecco la via d'uscir. Senza difesa

Ai colpi del mio ben s'esponga il petto;

Si mora di sua man: così... Che dici,

Ruggiero ingrato? E non tradisci allora

Di Leon le speranze? Ah! cerco in vano

Scampo, consiglio, aiuto:

La mia sorte è decisa, io son perduto.

Di quello ch'io provo,

Più barbaro affanno,

Destin più tiranno

Provar non si può.

Io sol della morte,

Ch'è il fin de' tormenti,

Io sol fra' viventi

L'asilo non ho.

ATTO TERZO

SCENA PRIMA

Gabinetti negli appartamenti di Bradamante con balconi a vista de' giardini, e sedili all'intorno.

CLOTILDE *sbigottita, poi* OTTONE.

CLOT. No, della pugna atroce

Il vicino a mirar tragico fine,

No, valor non mi sento. Oh sconsigliato

Leone! oh troppo fiera

Barbara Bradamante! Io gelo, io sudo,

Il piè mi regge a pena. Ottone, ah taci! (*vedendolo venire*)

Io di Leon lo scempio

Mirar non volli ed ascoltar non oso.

OTT. Lo scempio di Leon! Leone è sposo.

CLOT. Che?

OTT.   Sì, Leone è il vincitor.

CLOT.   Ma come?

OTT. Odimi sol. Ne' primi assalti il noto

Moderò Bradamante

Suo temuto valore: i colpi suoi

Non eran che minacce. Ella atterrito

Sperò (cred'io) spingerlo fuor del chiuso

Recinto marzial, ma tutte in vano

L'arti adoprò. S'avvide poi che lungi

Era già poco il termine prescritto

Al permesso conflitto, e tutto all'ira

Il freno allora abbandonò. Si scaglia

Con impeto minore orsa ferita

40

Contro il suo feritor, di quel con cui

La feroce guerriera

Contro lui si scagliò...

CLOT.   Pur troppo il vidi:

Nol sostenni e fuggii.

OTT.   L'incalza, il preme;

Al volto, al fianco, al petto

Quasi in un punto solo

Gli affretta il ferro; ei si difende, ed ella

S'irrìta alla difesa, e le percosse

Furibonda raddoppia. Un così fiero

Spettacolo, o Clotilde,

Figurarti non puoi. Veduto avresti

Uscir dagli occhi suoi

Lampi di sdegno, e lucide scintille

Da' brandi ripercossi a mille a mille

CLOT.   E il povero Leon?

OTT.   Leon gli esempi

Di qualunque valor vinse d'assai.

Senza offenderla mai,

Senza colpo accennar, solo opponendo

Al fulminar dell'inimico acciaro

Or la spada or lo scudo, o i fieri incontri

Sol co' maestri giri

Del franco piè schivando, in tal procella

Sempre illeso restò. Scorse frattanto

Il tempo di pugnar: termine all'ire

Imposero le trombe: a lei dal corso

Del furor che l'invase

Cessar convenne: ei vincitor rimase.

CLOT.   Crederlo io posso a pena.

OTT.   Agli occhi tuoi

	Creder lo déi. Vedi colà che torna
	Al proprio albergo il vincitor. Non vedi
	Che i suoi Greci ha d'intorno e che il festivo
	Popolo l'accompagna?
CLOT.	È ver. Per sempre
	Ecco dunque divisi
	Bradamante e Ruggier. Che orridi istanti
	Per due sì fidi amanti
	Saran mai questi, Ottone! Ai primi assalti
	D'un tal dolor l'abbandonarli soli
	È crudeltà. Di lui tu cerca: io lei
	Qui attenderò. Nostro dover mi sembra
	L'assister gl'infelici
	In caso sì funesto.
OTT.	Anzi d'ognun sacro dovere è questo.

Di pietà, d'aita indegno
A ragion se stesso rende
Chi di sé cura sol prende,
Chi soccorso altrui non dà.
    Questa innata alterna cura
Giusta legge è di natura:
La prescrive a ognun che vive
La pietosa umanità. (*parte*)

SCENA SECONDA

CLOTILDE, *poi* BRADAMANTE

CLOT.	Di Bradamante io bramo
	Quanto temo il ritorno. Il suo conosco

Nativo ardor vivace,

D'ogni eccesso capace... Eccola. Oh come

Cambia il furor le sue sembianze usate!

(*Bradamante senza manto, con spada nuda e scudo
imbracciato esce furibonda, gettando
successivamente a terra e lo scudo e la spada, senza
veder Clotilde*)

BRAD.   Andate a terra, andate

Da me lungi per sempre, armi infelici,

D'una femina imbelle inutil pondo.

Dove, ah dove m'ascondo? A me vorrei,

Non che celarmi ad ogni sguardo. Al fine,

Superba Bradamante,

Fosti vinta: e da chi! Vanta or se puoi

Le antiche palme. Ah, t'involò la gloria

Questa perdita sol d'ogni vittoria!

CLOT.   Calmati, amica: alla fortuna avversa

Magnanima resisti, e ti consola.

BRAD.   Tu qui? Lasciami sola,

Se m'ami, o principessa.

Or soffrir di me stessa

La compagnia non so.

CLOT.   Ch'io t'abbandoni

In tanto affanno? Ah non sia ver!

BRAD.   L'accresce

La presenza d'ognun: va.

CLOT.   No; perdona:

Questa volta appagarti

E non posso e non deggio.

BRAD.   (*risoluta*)   O parto, o parti.

CLOT.   L'assisti, o Ciel pietoso! (*parte*)

43

SCENA TERZA

BRADAMANTE, *poi* RUGGIERO

BRAD.   Io vinta! Io sposa

Di chi non amo! Io da colui divisa

Per cui solo io vivea! Sprezzata, oh stelle, (*esce Ruggero non veduto da Bradamante*)

Io da Ruggiero ho da vedermi ancora!

RUGG.   Non è vero, idol mio: Ruggier t'adora. (*si scopre*)

BRAD.   Ah ingrato! or vieni? E a che sì tardi innanzi

Hai di tornarmi ardire?

RUGG.   A placarti, mia vita, e poi morire.

BRAD.   Placarmi! E del mio sdegno

Qual cura hai tu, che fin ad or sì poca

Dell'amor mio ne avesti?

RUGG.   Ah, così non diresti

Se mi vedessi il cor.

BRAD.   Per me son chiuse

Or di quel cor le vie: lo so, ma intendo

Qual è da quel che fai.

RUGG.   T'inganni.

BRAD.   Allora,

Menzogner, m'ingannai

Che ti credei fedel.

RUGG.   Sappi...

BRAD.   Pur troppo

So che acquistar non mi volesti.

RUGG.   Ah! pensa...

BRAD.   Penso che ad altri in braccio,

Barbaro, m'abbandoni.

RUGG.   E credi...

BRAD.	E credo
	Che altra fiamma t'accende,
	Che di me più non curi,
	Ch'io son tradita.
RUGG.	Odimi sol...
BRAD.	Non voglio.
RUGG.	Odi: e meglio conosci
	Il tuo Ruggier.
BRAD.	Già lo conobbi appieno. (*in atto di partire*)
RUGG.	Ah, se udir non mi vuoi, guardami almeno! (*snudando la spada*)
BRAD.	Che fai? (*rivolgendosi*)
RUGG.	L'ultima prova il sangue mio
	Ti darà di mia fé. (*in atto di ferirsi*)
BRAD.	(*trattenendolo*) Fermati. (Oh Dio!)
	Sazio non sei di tormentarmi?
RUGG.	E come
	Viver poss'io, se un mancator di fede,
	Se Bradamante un traditor mi crede?
	Io traditore! E dir tu il puoi, che fosti
	Sempre l'unico oggetto
	D'ogni opra mia, d'ogni pensier? Fra l'armi
	Per chi sudai? Per farmi
	Degno solo di te. Sol di piacerti
	Era desio quel vivo ardor, con cui
	Su per le vie d'onore
	Indefesso anelar tu mi vedesti.
BRAD.	Tanto per me facesti
	Per poi donarmi ad altri: e questa è fede?
	E che m'ami puoi dir?
RUGG.	Sì, mia speranza,

T'amo più di me stesso: e tanto mai,

Quant'ora che ti perdo, io non t'amai.

Ma degli affetti tuoi

Senza rendermi indegno, anima mia,

Conservarti non posso. Una inudita

Virtù salvommi, e chiede

Riconoscenza egual. Di', con qual fronte,

Con qual ragion contender posso al mio

Liberator ciò che più mio non era

Senza la sua pietà? De' doni suoi

Come poss'io far uso

Contro di lui? Fra i detestati nomi

De' più celebri ingrati il mio vorresti

Che si contasse ancor? Con questa infame

Macchia sul volto a te tornando innanzi,

Dimmi, idol mio, non ti farebbe orrore

Il tuo Ruggier?

BRAD.   Che sfortunato amore!

RUGG.   Deh, pietà, mio tesoro: ah, con la sorte

Non congiurar! Senza il tuo sdegno io sono

Disperato abbastanza. Il sol conforto

Che a sperar mi restava era il vedermi

Compatito da te; ma tu mi scacci,

Traditor tu mi chiami, un mostro, oh Dio!

D'infedeltà mi credi, e mi trafiggi

L'alma così...

BRAD.   Basta, non più. Pur troppo

Ravviso il mio Ruggier ne' detti tuoi.

Ah rendimi, se puoi,

Rendimi i dubbi miei! Se tu mi lasci,

Se da te mi divido,

Perdo assai men quando ti perdo infido.

RUGG.   Grazie, bella mia speme. Il più funesto

Manca alla mia sventura,

Se più con me non sei sdegnata: e forse

Tollerar più costante

Or saprò...

SCENA QUARTA

CLOTILDE *e detti.*

CLOT.   Bradamante,

Cesare a sé ti chiama.

BRAD.   Oimè! che chiede?

CLOT.   Che a liberar tua fede

Venga col don della tua destra.

BRAD.   E tanto

Perché s'affretta il mio supplicio? A' rei

Spazio pur si concede

Di respirar.

RUGG.   Ma il differir che giova

Ciò ch'evitar non puossi? In che più speri?

BRAD.   Nel mio dolor, che intanto

Forse m'ucciderà.

RUGG.   No, Bradamante,

Così deboli affetti

Non son degni di te. La fronte invitta

Mostra al destin. Va risoluta: adempi

Nel tempo stesso il tuo dovere e il mio:

Addio, mia vita.

BRAD.   Oh doloroso addio! (*s'incammina piangendo e s'arresta*)

CLOT.   (Quanta pietà mi fanno!)

RUGG.	Or perché mai
	S'arresta il piè già mosso?
	Perché non parti?
BRAD.	Oh Dio, Ruggier! non posso. (*si getta a sedere*)
RUGG.	Ah sì, vinci te stessa: a' piedi tuoi (*s'inginocchia*)
	L'implora il tuo Ruggier. Questo l'ottenga
	Ultimo di mia fé tenero pegno,
	Che imprime il labbro mio
	Su la tua man. (*le bacia la mano*)
BRAD.	Ma come mai, ma come
	Esser può questo il tuo voler?
RUGG.	Sì, questo
	È debito, è ragione,
	È preghiera, è consiglio. E se fu vero
	Quell'assoluto impero
	Che un dì sul tuo bel core ottenni amando,
	Luce degli occhi miei, questo è comando.
BRAD.	T'ubbidirò, ben mio, (*s'alzano*)
	Se mi resiste il cor;
	Ma troppo il core, oh Dio!
	Sento tremarmi in sen.
	Pur misera qual sono,
	Al mio dolor perdono,
	Se da sì duro passo
	Sa liberarmi almen. (*parte*)

SCENA QUINTA

CLOTILDE *e* RUGGIERO

CLOT.   Oh degno, oh grande eroe! Chi mai capace

        D'imitarti sarà? Virtù sì bella

        Mi sforza ad ammirarti in mezzo al pianto.

RUGG.   Non ammirarmi tanto,

        Generosa Clotilde: or non son degno

        Che di pietà. Per sostenere, oh Dio!

        Quella di Bradamante, intorno al core

        Tutta adunai la mia virtù; ma questa,

        Qual face in sul morir, quando ne' suoi

        Ultimi sforzi ogni vigor restrinse,

        Per l'altrui ravvivar, se stessa estinse.

CLOT.   No, non è ver: tanto da te diverso

        Divenir tu non puoi.

RUGG.   Del mio destino

        Tutto or veggo l'orror: forza non trovo

        In me per sostenerlo; e fra' viventi

        Più soffrirmi non so.

CLOT.   Che dici! Ah, scaccia

        Sì nere idee. Lunga stagione è giusto

        Che tal vita si serbi e si risparmi.

RUGG.   Serbarmi in vita! E a chi degg'io serbarmi?

           Ho perduto il mio tesoro,

           Ogni speme ho già smarrita:

           Odio il giorno, odio la vita,

           Più non splende il sol per me.

           M'ha rapito il fato avaro

           Quanto al mondo a me fu caro:

Mi lasciò colei che adoro,

Altro ben per me non v'è. (*parte*)

SCENA SESTA

CLOTILDE, *poi* LEONE

CLOT.   Così confusa io sono

Fra lo stupore e la pietà, che a pena

Mi ricordo di me. Chi tanto amore,

Chi vide mai tanta virtù?

LEO.   La mia

Bradamante dov'è?

CLOT.   D'Augusto appresso

Lo sposo attende; e strano assai mi sembra

Che prevenir Leon si lasci.

LEO.   A lei

Di volo andrò; ma prima io voglio il caro

Erminio rinvenir: de' miei contenti

Essere ei deve a parte.

CLOT.   Ah, prence, in pace

Lascia il povero Erminio; assai fin ora

Lacerasti quell'alma.

LEO.   Io!

CLOT.   Sì: ti basti

Quanto per te soffrì.

LEO.   Per me! Non sai

Dunque a qual segno io l'amo. A conservarlo

Me stesso esposi.

CLOT.   Il conservasti Erminio,

E l'uccidi Ruggier.

LEO.   Come?

CLOT.   È Ruggiero

Quel ch'Erminio tu chiami.

LEO.   Eh, sogni!

CLOT.   Io veglio,

Leon, pur troppo.

LEO.   Il mio diletto Erminio

È il famoso Ruggier?

CLOT.   Sì, quell'istesso

Che, noto al mondo intero,

Solo incognito è a te; quel che sì fido

Bradamante adorò; quel che la perde

Per tua cagion; che dall'amor trafitto,

Che oppresso dal dolor corre a gran passi

Verso il suo fine, e fa pietade ai sassi.

        Ah, come tu non sai

    Il cor si senta in sen

    Chi l'adorato ben

    Rapir si vede!

        Chi nol provò giammai

    Intenderlo non può:

    E al cor che lo provò

    Non può dar fede. (*parte*)

SCENA SETTIMA

LEONE *solo*.

LEO.   Oh, d'un'anima grata

Portentosa virtù! Può dunque a tanto

Aspirare un mortal! Nodi sì cari

Franger per me! Stringer la spada in campo

Contro il suo ben, per farne

Me possessor! Ah, questa

È di Ruggier fra le più chiare imprese

La più stupenda. Ogni altra

Del suo valor sublime

Mi rese ammirator: questa m'opprime.

Quanto, ah quanto or più grande

Ruggier per me divenne!

Qual rispetto or m'impone! e qual m'inspira

Invidia generosa! Astri benigni,

Già che mi deste un core,

Cui sì bella virtù tanto innamora,

Vigor mi date ad imitarla ancora.

    Sì: correr voglio anch'io

Più risoluto e franco

Con questo sprone al fianco

Le belle vie d'onor.

    Me superar desio,

Sol di Ruggier son pieno;

Sento una fiamma in seno

Che non scaldommi ancor. (*parte*)

SCENA OTTAVA

Reggia illuminata

CLOTILDE *ed* OTTONE

CLOT. Qui Ottone! E chi difende
Ruggiero da Ruggier? Ne' suoi trasporti
Tu l'abbandoni?

OTT. Il principe de' Greci
Vidi con lui, né d'appressarmi osai.

CLOT. Sventurato! Ah qual mai
Pietà ne sento!

OTT. E tu di lui men degna,
Clotilde, non ne sei.

CLOT. Deh cessa, Ottone,
D'esacerbar le mie ferite!

OTT. Io prendo
Parte ne' torti tuoi. Leon detesto,
Né posso immaginar... Ma che mai dice?
Qual è mai la sua scusa?

CLOT. Il silenzio. Ei non seppe
Rinvenirne migliore.

OTT. Ah, tu dovevi
La rotta fé rimproverargli! In lui,
Chi sa! destato avresti
Forse l'antico ardor.

CLOT. No: reso avrei
Il mio caso peggior. Quando in un core
Già la fiamma d'amor palpita e langue,
Chi l'agita l'estingue. E l'alme, a cui
La ragion non dà legge,

Il rimprovero irrita e non corregge.

OTT. Ma tu...

CLOT. Taci: ecco Augusto, e la dolente

Vittima è seco.

SCENA NONA

CARLO MAGNO, BRADAMANTE *e detti.*

CAR. Assai difficil prova,

Ma ben degna di lui, donò Ruggiero

D'un grato e nobil cor. L'udirlo solo

Narrar da te m'intenerisce. Imita

Quel valor, Bradamante; e mostra in questo

Di ragione e d'amor duro conflitto,

Che non hai men del braccio il core invitto.

BRAD. Ah, Cesare, il vorrei,

Ma non basta il volerlo.

OTT. Ecco lo sposo,

E Ruggier l'accompagna.

BRAD. E farsi, oh Dio,

Del sagrificio mio

Vuol spettator!

SCENA ULTIMA

LEONE, RUGGIERO *e detti.*

RUGG. Dove mi guidi, o prence? (*a Leone,
uscendo dal fondo della scena*)

Soffri ch'io parta. In nulla qui poss'io
Esser utile a te.

LEO.   (*a Ruggiero*)   Mai non mi fosti
Sì necessario, amato Erminio.

CAR.   Ah venga,
Di sua vittoria i frutti
Venga a raccorre il vincitor!

LEO.   È giusto.
Adempia Bradamante
La legge che dettò. Non è tua legge
Che sia degno di te, bella guerriera,
Chi a resisterti in campo
Ebbe valor?

BRAD.   Vorrei negarlo in vano.

LEO.   Dunque al fido Ruggier porgi la mano.

BRAD.   Come? se meco armato
Tu pur or...

LEO.   T'ingannasti:
L'armi eran mie, non il valor; le cinse
Ruggiero e le illustrò. Nascosto in quelle
Le mie veci ei sostenne: io mai non fui
Nel recinto guerriero;
Ruggier teco pugnò.

BRAD.   Ruggier!

TUTTI   Ruggiero!

LEO.   (*a Bradamante*) Sì, quest'anima grande,
Che in te solo vivea, tant'oltre spinse
L'eroica sua grata virtù, che seppe
E pugnar teco e debellar se stessa
Per conquistarti a me. Qual cor di sasso
Resiste a queste prove? Alme felici,
Già che formovvi il Cielo

Per farne un'alma sola, in dolce laccio
Anche Imeneo vi stringa. Io son beato
Se, come un dì l'amico
Vantai nel fido Erminio, oggi il maestro
Posso vantar nel gran Ruggiero.

RUGG.   Ah prence,
Di quante vite io deggio
Esserti debitore?

BRAD.   (Ora è portento
Se di gioia io non moro).

CAR.   Io sento il ciglio
A così nobil gara
Per tenerezza inumidir. Ruggiero, (*l'abbraccia*)
Vieni al mio sen. Vieni al mio seno, o prence,
Gloria del suol natio. (*vuol abbracciar Leone*)

LEO.   (*si ritira con rispetto*) Perdona, Augusto,
Non ne son degno ancora: ancor non sono
Tutti corretti i falli miei.

CAR.   Quai falli?

LEO.   Della real Clotilde un dì m'accese
Il merto e la beltà. Le offersi il core,
Ottenni il suo; fé le promisi, e poi
Di Bradamante il luminoso nome
M'abbagliò, m'invaghì. Tornar mi vide,
Ma non per lei, la bella
Mia prima fiamma; e, di sdegnarsi in vece,
Compatì generosa
La giovanil mia leggerezza, e tacque
Per non farmi arrossir. Son pronto, Augusto,
Ad ogni ammenda: il tuo favor mi vaglia,
Se il pentimento mio, se la mia fede,
Se il mio cor, se il mio trono

Non son bastanti a meritar perdono.

CAR. Che risponde Clotilde
Ad un reo sì gentil?

CLOT. Signor... Son io...
È il prence... Ah, mi confondo:
Deh, rispondi per me!

CAR. Sì, tu la mano
Porgi sposa a Leon. Ruggiero ottenga
Nella sua Bradamante
Di tante pene e tante
La dovuta mercede; e questo giorno
Sia tra i fausti il più grande. Alme non strinse
Mai più degne Imeneo. Da sì bei nodi
Ognun virtude apprenda;
E più chiari i suoi dì la terra attenda.

CORO

Portator di lieti eventi,
Di speranze e di contenti
Mai dall'indica marina
Più gran giorno non uscì.
Fin di clima ancor mal noto
Il remoto abitatore
N'oda il grido in ogni lido
Dove more e nasce il dì.

No, sposi eccelsi, i gloriosi gesti,

Il chiaro onor di questi,

Che vi offerser le scene, amanti eroi,

Non son stranieri a voi. Son avi illustri

Della real donzella,

Che all'augusto Fernando il Ciel destina,

Bradamante e Ruggier. Ne trasse i nomi

Dalla nebbia degli anni, e col più puro

Castalio umor ne rinverdì gli allori

Quel Grande che cantò l'armi e gli amori.

Sì, vostri son: ché vostro

Tutte fin or domestico retaggio

Fur le virtù più belle: e in voi le aduna

A' più tardi nepoti

Per trasmetterle il fato. Oh, al par di noi

Posteri fortunati! oh, quai felici

Venture il Ciel promette! Il Ciel benigno

All'austriaca accompagna

Oggi l'aquila estense: oggi si stringe

Quel da gran tempo innanzi

Fabbricato su gli astri,

Serbato a questo dì laccio sì degno.

Posteri, è il Ciel per noi: ne abbiamo il pegno.

    CORO

     Portator di lieti eventi,

   Di speranze e di contenti

   Mai dall'indica marina

   Più gran giorno non uscì.

    Fin di clima ancor mal noto

   Il remoto abitatore

N'oda il grido in ogni lido
Dove more e nasce il dì.